歌集

断章

佐藤ヨリ子

砂子屋書房

樹齢三百八十年の枝垂れ桜（自宅庭）

＊目次

装本・倉本　修

歌集 断章

冬到来

年ごとに白鳥の飛来を告げくるる友ありて吾の冬は始まる

川二つ落ち合ふあたり朝靄の中に白鳥は鳴かず群れをり

冬眠の蝦蟇ひそむべき庭隅の枯葉くたせり日癖の時雨

オリオン座を流星群が飛ぶと言ふ未明時雨の音聞くばかり

時雨過ぎしひとときに来て山雀がイチイの熟れ実ついばみ果たす

白鳥の飛来を友が告げ来しと書き足して今日の日記を閉ざす

身延山

冬の雨降る寺庭の水たまりきれぎれに五重の塔を映せり

老人は無理とふ標示の石段にうなづいて素直に踵をかへす

難行も苦行もなさぬわが前に仏像は静かに微笑みゐます

まだ残る裾野の紅葉を惜しむごとゆるやかに朝の霧はたゆたふ

幸せは彼方にあると思はせて雪白き山脈は青空区切る

宿坊の薄き布団に寝ねて見るはかなき夢の中の風音

善男善女と見ゆる人らと早朝の勤行につらなり居住まゐただす

一日

執着の淡くなりしを今朝は思ふ特売の卵ことりとわりて

おふくろと呼ばれて永きわが顔を朝あさうつして鏡も古りぬ

ほとりと音聞きて振り向く朝の道露に濡れゐる椿一輪

住む人の無き山の辺のひとつ家にしんとして盛る連翹の花

石の上に日を浴びてゐし金蛇が薄荷の葉群を揺らして潜む

町裏の棘かたき枸橘《からたち》の垣の辺に猫眠らせる午後の静かさ

青葉闇

幼子の飼ふは海を知らぬ熱帯魚泳いでも泳いでも水槽の中

風わたる木陰に昼寝する少年のＴシャツに眩しく向日葵の咲く

懐中電灯かざして蟬の羽化を見る少年とわれを包む青葉闇

熊に注意の立て札のある谷をゆく魚棲まぬといふ翡翠色の川

山峡の道は急がず歩むと決むときに青葉より雫る朝露

川二つ落ち合ふ辺りの芦原にヨシキリの声不意にするどし

日蝕の闇（中国江蘇省同里）

道に添ふ並木に暑熱こもりをり赤き夾竹桃また百日紅

首すぢにしたたる汗をぬぐひつつ西瓜を切り分けて売る男をり

水郷の橋のたもとに屯してもの売る女はみな指太し

皆既日蝕はじまるをひたに待ちて座る湖の岸の夏草匂ふ

日蝕の近づきし頃は雨となり空気の重く澱むに似たり

日蝕の暗黒を恐れしいにしへ人近く思ひて時過ごしたり

夜よりもくらき日蝕の六分間原初に戻るごときしづかさ

日蝕のあとも降りつづく雨の中寒山寺に来て鐘声を聴く

鮮烈の記憶とならんずぶぬれになりて登りゆく虎丘への段

蘇東坡も仰ぎし丘の木々の緑雨に打たれつつ顔あげて見る

無人駅

未生よりわが聞きなれし親しさに寄せてはかへす夜の波音

雨上がりの展望台より望む海タンカーが過ぐ黒き影となりて

老いを隠さぬデュークエイセスの歌を聞くわれらも互みに老い肯ひて

小樽駅に裕次郎ホームなどと言ふ長閑さありてSLが発つ

谷間の無人の駅に天界の青とふ朝顔咲き盛りゐる

日光

蔦紅葉して人去りし別荘にほの赤く熟れてゐる四照花《やまぼうし》

一筋に落ちる荘厳の滝に立つ不動明王われを圧したり

交はす言葉聞こえぬもよし滝の前に老いし二人は身の冷えて立つ

昨日は登り今日は下りゆくいろは坂バスの乗客は言葉交はさず

秋日ざし穏しとゆけば奥の院への門にふはりと眠り居る猫

甚五郎の猫の眠りの夜は覚めて寺庭を駆くることもあるべし

参道の木下につづく石積みに時世経て深し苔のみどりは

足掻きして人を無視してゐるごとき神馬は潤む大き目をもつ

山寺

一歩づつ奥の院への段登る夫に従きゆくわれも一歩づつ

枯れ色の粗草ゆらぐ山寺に青みずみずし蟬塚の苔

精霊のひそめるか暗き岩かげに遅れて小さき露草の花

時かけて山上の御堂にたどり着けば下界俗界より風吹きのぼる

修行の山の道辺にさやぐ茅の葉に切られてあはれ血のにじむ指

つやつやと光る御賓頭盧の頭を撫でて人らこもごもに何か呟く

山上結界下りきて買ふみやげものストラップ絵はがき楽しき俗世

家居

なきがらの清しかりし人を思ひ出し胸に手を組みて臥す夜のあり

リンゴ煮る香りたたせてしあはせな顔をしてをり雪ふる夜は

終日《ひねもす》を降りつぎし雪の晴れし夜は藍深き空を満月渉る

うつむきて歩むわが影濃く見せて雪に照る月光の青く鋭し

軒先の太き氷柱が尺を超すほどにのびをり寒の夜明け

伊豆・下田

砂しまる渚に残る足跡をゆつくりと消す波を見送る

かの日聞きし君の言葉がよみがへる砂浜にやまず寄する波音

足跡をけすやうに憂ひも浚ひゆけ波は静かに寄せてはかへす

冬の日の透明に差し凪ぐ湾に帆をたたむヨットさ揺らぎもせず

手をかざし見る海の青果てもなく灯台一つ立つ沖の島

野水仙

いまさらに何を悼むか碑名さへ読めぬお吉の墓の花束

流されて過ぎしは遠き日の女碑銘も見えぬ墓の小ささ

細き道幾曲がりしてひらけたる視野一面に野水仙咲く

懐かしむことの多さを言ふばかり老しるくなりし夫との旅は

水仙もアロエの花もすぎがての伊豆より帰れば雪の降る町

別所沼・歌碑

歌碑の建つ沼辺の小さき草の丘浅春の晴れに乾く土匂ふ

浅春のやはき日ざしを背に受けて別所沼辺に釣り人並ぶ

釣り人の並ぶ沼岸枯れ色の草の底ゐに芽吹く色あり

芝草の萌えまだ浅き築山にほのぼの温く師の歌碑座る

胡座をせる師の前にゐる思ひする碑に向きて人らみなよき顔す

碑の除幕よろこびてゆく道の辺に柊南天の黄の鮮やかさ

わが前に立ち上がり来て何か言ふ碑の文字親し春の日ざしに

碑面を流るるやうに斑は白しふるさとに降る雪想はせて

乙越の歌碑たつ沼辺を連れゆきし師の声幻聴すかすか吹く風

色小鳥いつか宿るべし　碑《いしぶみ》に近く芽吹きを待ちて立つ木々

連れ立つ

鶯の声聞こえしを耳遠き夫には告げず木下道ゆく

ゆらゆらと芽吹く空と山を映しゐる峡の植田に人影見えず

山峡の万緑に圧さるる思ひして県境の長きトンネルに入る

寺庭の木々の影映す小さき池にアメンボがはかなき波紋を描く

漁師町は季にあらねば静かなり番屋の屋根に猫眠らせて

山峡の無人の駅は穂の若きすすきに触れてゆく赤とんぼ

京都

動く鋪道に乗る暫くはぼんやりと行方まかせる雑踏の中

十年ぶりに逢ふ人あれば口紅を少しつけて京都の街に出て来ぬ

更けてゆく街は音なく灯しをり一夏一会の乾杯のあと

蓴菜入りスープ鱧入りスパゲティ京都イタリアンに不思議味はふ

逝きし女の思ひ出共に持つ二人木槿咲くとのみ言ひて歩みつ

アラスカ・一人旅

原初よりの荘厳にあり峰に積む万年雪を染むる朝日は

氷河より崩れ出でたる氷塊がわが船と並ぶ蒼き海の上

クレバスの蒼ひたに見せて悠然たり海に注ぎ入る太き氷河は

万年雪溶かしてフィヨルドに注ぎ入る音のせぬ白き滝の幾筋

フィヨルドの夜あけの霧の薄れゆく時間を一人のものとして立つ

ゆつくりと航くわが船の曳く水脈はフィヨルドの山影乱すことなし

声あげて鯨を言へばはやも見えず海面に白き水泡がさはぐ

黒き尾鰭高くあげたる鯨見しと旅の日記に記す一行

日没の遅き北国夕つ日が雪積む山を朱鷺色に染む

午後九時を過ぎても暮れぬ北の町出でて道辺に盛る花見つ

原住民の女と並びて撮したる写真にすまして笑ふわれ居り

秋に入る

狂ひ咲きと人は言ふべし凌霄花《のうぜんかづら》時雨の中にまた咲き出でぬ

サンダルの爪先濡らして切りにゆく一輪挿しのための山杜鵑草《やまほととぎす》

朝刊を読みゐる夫に杜鵑草《ほととぎす》咲きゐる露の庭も見よと言ふ

時雨過ぎて日毎荒れゆく秋海棠かすか色残る花揺らしゐる

暑さを言ひ嘆きしは昨日のことにして鍋料理の具の並ぶ店先

霜月神楽

神楽舞ふ里宮をめぐる夜の闇に熊も狢も耳たてをらん

霜月のぬばたまの闇は深くして山峡の里を異界となせり

いづこにか水湧くらしき音のしてぬばたまの闇に耳尖らせる

神楽舞ふ巫女の手白く振る鈴の音ぬばたまの闇を揺らしつ

冠の瓔珞の置く影ゆれて能面に似る巫女の白き顔

塗り椀に注がれし神酒を回しのみ供膳の小さき霰分けあふ

明け初めし山へと神を送るべく神官は座の注連縄切り落とす

神ゐます気配に一夜過ごしたる宮を出づればしるきつゆ霜

宮居より俗世に下る思ひして楓落葉の露霜を踏む

トリカブトひとつ遅れて咲きゐたり濡れ落ち葉踏む道の傍へに

夜更けの電話

軽やかに「早期癌だ」と告げて来し人に「あらそう」と我は応へぬ

「死ぬ前にまた逢ひたい」と笑つて言ふ人の電話は夜更けに長し

戒名に花の名を入れてほしいと言ふあはれを聞けり頷きながら

しんしんと雪降る夜に気づきたりページを繰ればば音たつことに

草津温泉

雪を逃れて来し温泉は雪の中凍り付きし道になづみつつゆく

若き等は楽しげにわれらを追ひ越せり草津坂道雪降りしきる

泊まり客はわれら二人のみにこにこと料理運び来る宿の女は

草津に来て聞けば親しよ母たちが大事に使ひゐしあのベルツ水

注ぎ入る湯の音聴きつつ目つぶれば湯船のわれは未生にかへる

凍てしるき夜の更けにみる湯畑の湯気の彼方にあの世が見ゆる

温泉饅頭温泉卵をたづさへて帰り来しわが家は深き雪の中

寒い日

隣家の灯りの見えなくなるまでに一日をやまず雪の降り積む

冷蔵庫の奥にしわみゐし大根をゆつくりと煮込む雪に籠る日

ふつふつと何か呟く豆を煮て雪の降る日は一人がよろし

隣室の夫が本を閉ざす音も聞こえて雪の降る夜更けたり

空白となりし日記の予定欄雪ならば籠ると書き込んでおく

簡略にくらしてこもる日ごと夜ごと軒のつららはいよいよ太る

地震

燭消して余震幾たび襲ひくる闇の深さに目をこらし居り

人にみな影を負はせて卓上に一本の蠟燭ゆらゆら灯る

テーブルに蠟燭一本点けて消して余震幾たび襲ふ夜過ごす

蠟燭の臭ひの残る部屋に臥す枕辺のラジオのボリュームあげて

蠟燭を一本立てしテーブルに即席麺をうましと食ぶ

蠟燭の炎の揺れを珍しむ孫と居り余震の襲ふ真夜中

真夜中の地震落ち着けば毛布被ぎつづかぬ夢をしばらく思ふ

物置の奥より七輪を取り出して熾《おこ》しし炭火に朝の手かざす

葉桜

捨てて来し古里にも花は咲き居らんと呟く人と花のしたゆく

桜の下を駆けて寄り来し幼子の髪にやはらかし花びらいくつ

靴底につきゐしさくら花びらを残して去りぬ今日の客人

わが前を走る鶺鴒に従きて歩む葉桜の影置く川沿ひの道

母の日が今年は母の忌の日だねとつぶやく姉にわれは頷く

鬼の霍乱

安静にと言はれしわれは臥床より星が見られることに気がつく

北窓のカーテン閉めずに置いてと言ふ星が見えると夫に告げて

北窓に見えてくる星がきつとあると思ひつつ待つ病みゐる夜は

起きられるやうになつたら北窓を拭かうと思ふあの星のため

誰を呼んでゐたかは知れず夢の中のわが大声に驚きて覚む

死なないでと寄り来て啜る孫に言ふ今は死なないけどいつかは死ぬよ

臥すわれに夫の処方の漢方薬不味いことにもいつしか慣れぬ

病みて臥すわれの時間はダリの描く溶けた時計ではかられてゐる

房総

信仰を持たぬ二人が僧の語る古寺の歴史を聞きてうなづく

手を合はせ南無妙法連華経と唱へたり海鳴りの遠く響かふ寺に

蓮華とふ浄土のひびきもちながらレンゲツツジは毒を秘めゐる

モリアオガエル棲むとふ古き寺庭の小さき池に咲く蓮の花

福島と海は続いてゐるからとつぶやく漁師の白き歯目立つ

震災のあとの港町老人が道の真ん中を自転車でゆく

風の煽る帽子押へて海に対く青木繁の碑《いしぶみ》に寄る

房総の海より吹き上げる夕風に篠竹群が揺れて音する

過疎すすむ村落の道辺にざわざわと勢ひて居りさわぐ篠竹

神楽坂

立ち止まりまた登りゆく神楽坂路地奥に咲く向日葵一つ

半世紀の時過ぎてをり神楽坂登れば思ひ出はみなセピア色

待つ人のあるやうな顔をして坐る半世紀前の思ひ出の店

背に痛き視線を受けても振り向かず下りしことありこの坂の道

思ひ出が道に迷ふほど犇めけり下る神楽坂のぼる九段坂

寂しいと言はせぬほどにサルビアを咲かせてゐたり独り住む友

手術同意書

金婚を過ぎたるわれが手術同意書に妻と書き込むを幸と言ふべし

夫の入りし手術室のドアが音もなく閉ぢて世界は分けられて居り

麻酔より覚めし夫がとりとめの無き夢のことを言ひてわらひぬ

余命四，五年如何な最期を迎ふるか思へば少し涙出でくる

決断をひきだすごとく鋭く光るナイフがメロンを切り分けてゆく

メロンを切りしナイフは蜜をまとひつつ集ひよりはや疎外されたり

佐渡

ゆつたりと飛び過ぎる鷗に見られつつ露天の風呂に手足を伸ばす

二・二六事件忘れられゆくことも善し北一輝の墓佐渡に残して

流刑の世阿弥の遊び残されて能に親しむ佐渡の里人

悠然と雉子の番《つがひ》の過ぎる道ありて嬉しく佐渡の旅する

伝説となりて日蓮の奇跡幾つ語られてをり時世を経れば

悲しみの故に美しく語らるる伝説あまた聞く佐渡の旅

乏しき花つけて咲き残るミヤコワスレ流刑の島の道の辺に見つ

配流されしみやこ人らの都ぶり伝へて鄙に残る能舞台

赤き顔をまつすぐにして絶滅せるニッポニアニッポンの剝製は立つ

二十世紀

二十世紀遠くなりゐつサリサリと前歯に梨を食めば音たつ

朝空に波立つるごとはばたけり鉤《かぎ》となりてゆく白鳥の群れ

公孫樹の葉掃き寄せてある日だまりに今日も老猫の来て眠りをり

沖天の蝕の月見んとのけぞりて蹌踉めきしことは夫に秘め置く

老いの悔しさ共に言ひつつ汲む番茶雪積むらしき夜の静かさ

修善寺

木造の老舗旅館に空を映す池ありて動かぬ冬の鯉たち

庭池を覆ふばかりに枝をのばす冬枯れの寒き百日紅の木

黒き石敷ける川瀬に細き脚透かせて立てり漁《いさ》る青鷺

佇立してゐると見えたる青鷺の漁る素早さの驚くばかり

朱の橋を渡れば道は川に添ひ竹林の葉擦れ聞きつつ歩む

天城峠は雪で行けぬとふ運転手の言葉はわれらに有無を言はせぬ

一筋の瀧と石橋のみ残る瀧源寺の谷に盛る蠟梅

藍深き滝壺に落ちて鎮まれりふとぶとと白き浄蓮の瀧

浄蓮の瀧より落ちくる瀬に添ひて山葵畑あり緑清しく

家籠もり

冬の月浮かべて凍らぬ湖を言ひ出でし人と雪の夜をゐる

気配して振り向けば首を傾けて羚羊をりぬ雪降る庭に

雪ふかき山下りて来し羚羊と共にひたすら春を待つ日々

雪残る庭に咲き出せる福寿草名残の雪にまた花閉ざす

厨の隅に一つ残りゐし馬鈴薯が赤き芽を出して三月終る

花便り届く幾日を雪にこもる暦の春に取り残されて

さくら咲く

薄墨色に描かるるべし三百余年咲きてまた咲く枝垂れ桜は

門先にわが名をつけて植ゑし桜今年はじめて花をつけたり

掃きためて嵩なせるさくら花びらを時は静かなる土となしたり

「ふるさと」

楽しいと言つて笑へばいいと言ふ人の修羅なす過去知るわれは

津波あとの瓦礫の上に降りつのる雪の白さをテレビは映す

津波の後一年を経て吐息しつつ桜を愛づる人と連れ立つ

被災地より桜を見んと来し人の深き寡黙に花散りしきる

「ふるさと」を歌ひ出したる人あればみな思ひ出すふるさとがある

青森

「ワダバゴッホニナル」と喚きしと言ふ志功の絵何にもなれない私が見る

君もわれも老いを互みに確かめて冷えしビールの杯かかげ合ふ

連絡船の汽笛が幻に聴こえくる誰も居ぬ朝の海を吹く風

海よりの風にほどけしスカーフを手にはためかせ埠頭を歩む

青葉かげの映る鏡はたのしげなりされど魔法の鏡になれぬ

奥入瀬

落葉松の芽吹きの色は薄荷色細かきひざし梢を透き来る

湯の宿に一夜過ごして黒ずめり孫に貰ひし小さきペンダント

羚羊がどこかでわれらを窺つて居ると思ひぬ匂ふ青葉風

瀬に架かる倒木の命を糧として色鮮やけし苔のみどりは

倒木は倒木のまま苔むして幼き山毛欅《ブナ》を寄らせてゐたり

別れひとつ

友の病篤しと伝ふる電話を切り朝の庭に出て水を撒く

励まして術なき程に病み篤き友が手を延べて有り難うと言ふ

枕辺に花を飾ればかすか笑みて美しと言ひし人なり昨日は

手を握り作り笑ひして別れ来し友の死を密かに待つ幾日か

死ぬ前に逢へてよかつたのだらうか病み衰へし顔が顕ちくる

今は生者の慰めとなるみ棺に満たす白菊また白き蘭

移る季節

糸蜻蛉の孵化を見やうと言ふ孫につきて朝涼の庭に出でたつ

透き通る羽ののびゆくしばらくを無言の孫と肩寄せて見る

まゆみの葉かすか揺らして朝の庭に昨夜《きぞ》生まれたる蝉か飛び立つ

花終えし夜顔の蔓片づけし窓より柔く秋の日は射す

田舎町の小さきホテルの夕食は秋を思はせて茸の小皿

過疎の村を貫く広き国道に昨日は熊を見たと人言ふ

人影を見ることのなくひつぢ田の緑ひろびろとさやぐ野の道

乙越沼

沼岸の歌碑の背面に彫られあり「歌を愛する人々建之」

幸輔の歌碑立つあたり沼からの風は秋草の匂ひを運ぶ

声に出して幸輔の歌碑のうたを読み互みに抱く思ひ出を言ふ

紫陽花の重き花毬も終の色くらきむらさきが碑に枝垂れ居る

廃校となりし校庭を囲みたつ太幹荒れし篠懸の木は

歓声を挙ぐることなし廃校の校庭にゲートボール遊ぶ老いらは

「さよなら」を軽やかに言ひて別れたる道辺の垣根に鬼灯赤し

おふくろと呼ばれて永きわが顔を朝あさうつして鏡も古りぬ

宝塚

今生の体験しやうと言ふ夫と宝塚の公演を見に連れ立てり

宝塚の劇場に集ふ若きらのいきれにしばし酔ふごとくゐる

異界めく宝塚の劇場を放たれて冬の雨重く降る街に出る

雨の夜の暗き山路を幾曲がり有馬温泉がわれらに相応ふ

秀吉の愛せしと聞く有馬の湯谷間を埋むる遅き紅葉

江田島

大和のふるさとと書かれあるドック若き等はみなその意味知らぬ

軍神とふ言葉を知らぬ青年は特殊潜行艇に興味示さず

展示されし特殊潜行艇に手触るれば冬日を浴びて仄かに温し

若き声響かひしとふ兵学校大講堂の高き天井

瀬戸内の島

記紀の神話顕ちくる如し瀬戸内の社に枝はる樟の神木

山肌の一面を彩る蜜柑の木夕日に明るき交響をなす

留守番の男は所在なく坐る本因坊の囲碁記念館

潮風の吹き上げてくる音頭の瀬戸帽子抑えて大橋に凭る

この海も荒るる時ありと言ふを聞く瀬戸内の海凪ぎわたる今日

毒ガスを造りし過去を言ふ時に人は自ずから声重くなる
（大久野島）

地図からも消されゐし過去を持つ小島国民休暇村となりをり今は

毒ガスを造りゐし過去を持つ小島群れ遊ぶ兎は天敵知らず

実験動物なりし兎か放たれて長閑に群れをり毒ガスの島

鞆の浦

風待ちの古き港に宿りして何の風待ちて旅するわれか

風待ちの港の町は細き道に古き家並み軒連ねをり

潮を待ち風を待ちたる鞆に来てわれはのぼりくる日を待ちてをり

海の辺の社は海の神を祀る一望に港を望む形に

倉敷から長島へ

紅葉の映る倉敷の堀の水を静かにゆらす白鳥のをり

ツワブキの黄を鮮やかにかがやかせ朝の庭に水打つ女

ひろびろと見ゆる吉備津路の果てに海へと続く道細くなる

医師の夫の興味とは違ふ『白描』*への思ひ抱きて長島を訪ふ

*明石海人歌集

ハンセン病隔離されゐし長島へ対向車のなき道は続けり

隔離されて絶望の日々を過ごしたる人らも見しか凪ぎ渡る海

病痕の残る身持てる人々の住む島に架かる銀鼠の橋

絶望が生への執着を強めしか身を寄せて生きし数多の記録

盲ひぬ日の明石海人も見しものか本土の山は秋の色濃し

天刑と言ひて癩を病む海人に娘の死父の死を嘆く歌あり

隔離されし過去など見えぬ明るさに記念館に絡む蔦は紅葉す

自ずから寡黙となりて絶望の過去をためゐる長島を去る

川越・五百羅漢

悟り得し高僧なりとふ羅漢さん悟らぬわれに何故か微笑む

廃仏毀釈の嵐が羅漢の首を落としつけ直したとふ時代のありぬ

羅漢たちも夜は立ち出でて語らふか衣の袖に紅葉一葉

耳打ちをして話し合ふ阿羅漢の楽しげなれど寒き木枯らし

わが干支の鳥に餌をやる阿羅漢の頭撫づるべく手袋はづす

黒衣の宰相百八歳まで生きたとふ信じたふりをして解説を聞く

三百五十年時知らせ来し鐘聞きて正午を知りぬ旅人われも

大島へ

うす雪を被りて黒き三原山裾野の木々は赤き芽を抱く

防風林として育てるとふ藪椿火山の砂礫に太き根を張る

咲き初めの椿の照り葉にまだ寒き冬の日ざしが眩しく反る

自殺する人を見張るとふ交番が小さく灯してある三原山

水蒸気噴き上げてゐる三原山を今日は静かだと島人は言ふ

火の山を御神火の山と言ふ人の畏怖の思ひを推しつつ仰ぐ

昔日は賑はひたりと言ふばかり波浮の港に人影を見ず

踊り子の里とふ名をもつも哀れにて遊郭造りの家並古りぬ

漁船いくつ泊てゐるのみに真昼間の波浮の港は音もなく凪ぐ

くらぐらと木々繁りあふ下蔭に苔むしてあり流人の墓は

見放くれば凪ぎわたる海に火山を抱く伊豆の島々遠く霞めり

大初より神は遊べり火山灰堆積層の美しき大島

「自殺名所の錦ヶ浦はすぐそこです」宿の女は軽やかに言ふ

（熱海にて）

海の辺の宿の朝食焼きたての一夜干しの小鯵しみじみ旨し

三浦半島

橋の下にひつそりとして白秋の記念館あり訪ふ人見えず

帆の形せる白秋の詩碑が立ち人影見えぬ浜の静かさ

水仙祭りの太鼓を遠く聞きながら一人口ずさむ「城ヶ島の雨」

指さして原子力空母停泊中と横須賀の人の言ふさりげなさ

遠き戦を思ふわれらも横須賀の軍港めぐりのツアー楽しむ

夕かげる光を負へる戦艦三笠物語となれる日本海海戦

潜水艦が黒き背並べてゐる傍へ長閑にわが乗る船は過ぎたり

浦賀水道点して通る大型船にワインのグラス掲ぐるわれら

軍港を見し日の更けて特攻に逝きたる友を夫は数ふる

秋津の羽

夫の脳の出血部位は小さいと若き医師は言ひわれはただ聞く

意識なき幾日か経し夫覚めて「ごめんな」と言ふ幾度も言ふ

旅の夢潰えしを言ひて麻痺の手をさする夫と対く梅雨の降る庭

乙女椿・躑躅・皐月と咲きつぐ庭夫病む部屋より見て季は過ぐ

前山の杉の林の雨霧の晴れゆく朝に不意の蜩

ベッドより立ち上がりたる夫と見る庭の緑は梅雨明けて濃し

飛び巡る秋津の光る羽を言ふ病みてより言葉少なき夫が

夫とわれの昔話の幾つかに傷つきて互みに噤むことあり

風鈴を鳴らして止まぬ台風の夜あけて今朝の空つきぬける

流星を見に連れ立ちし若き日を言ひつつ仰ぐ今日の星空

冬晴れ

雪だるまのマークがずらりと歳晩の天気図に並び疎まれてをり

雪の予報的中したることなどをため息交じりに笑ひつつ言ふ

バスタブに森の香のする浴剤をたつぷり溶かす吹雪く今宵は

年賀状途絶えし友の幾人かあれどももはや安否は問はず

尊厳死を常語らひて望みゐし女が惚けしとふ聞きて術なし

冬晴れとふ言葉まぶしき今朝の空飛行機雲が一筋過ぎる

雷鳴に覚めて見る窓は雪明かり不意に刃なす青き稲妻

花の嵩

俺よりも先に死ぬなと言ふ夫に「さあね」と笑ふ妻なりわれは

何もかも理解してゐる振りをして夫婦茶碗に朝の茶を汲む

ゆくりなく売り出し初日の花見団子購ひて寒き町より帰る

まだ咲かぬ桜の話を交はしあふ花見団子の売り出し初日

樹齢重ねし桜花びらわが庭の土となりたる嵩思ふべし

太蕨苞にと賜びし友の言ふ山の芽吹の明るきみどり

生きて居て良かつたと笑ふ老人がテレビに映る今日は晴天

オルゴール

約束を破る言ひ訳を繰り返し考へながら眼鏡を磨く

日ごとに減る脳細胞は気にせずに今日は伸びやすき髪と爪切る

いつの間にわが晩年は始まつてゐたのだらうか苦き珈琲

「思ひ出は年寄りに任せよ」と師の言ひて切り捨てられし若き日の歌

切り捨てらるる事の無きまでわが老いて今は居まさぬ師を思ふなり

泣き黒子つけしピエロのオルゴール常に背を向けて曲を終ふるよ

釦付けの時しか使はぬ針箱を本棚の隅に置くわが暮らし

馬追

満月の明るき夜には影淡くなりて探しえぬわが水瓶座

中秋の月に遊びし夜を経て老いし桜はしきりに落ち葉す

障子の桟にとまりて動かぬ馬追と私に長い夜は更けゆく

雨となる気配に更けて迷ひ入りし馬追は追はずに時を過ごしつ

触角を揺らす翡翠色の馬追に静かな夜はさびしいねと言ふ

忘れないでと囁くごとき振り子の音友の形見に貰ひし時計

病後二年歩み危ふき夫に添ひ秋海棠盛る庭に出でたり

月蝕

見納めの皆既月蝕なのだからよく見んと言ふ人と見る月

われらが地球の影置く月の赤黒さものを思へと言ふその暗さ

蝕のあとの明き満月星影を消して悠然と空を占めたり

本閉じて灯りを消せば蝕のあとの月の光は障子に白し

無尽数の星また流れ星あるなどと思はずに仰ぐ今朝の青空

地虫の声すでに途絶えしわが庭に枯れし烏羽玉は実を掲げゐつ

住む人の絶えたる家の荒れ庭に熟れ実をつけて棗枝垂るる

枯れ色となりし庭隅に捨ておきし酸漿二つ時雨が洗ふ

ぬばたまの秋の夜ながに聴きたくなる声伸びやかな黒人霊歌

予定欄

明日があると決めて日記をとざしつつ高空をゆく風の音聞く

予定欄に春来れは旅すと書きし日記予定のままに霜月終る

乙女椿の二輪が時雨の中に咲く狂ひ咲きぞと憐れまれつつ

言ひ訳の手紙をだしにゆくわれの背中を押してくるる木枯らし

「冬の旅」の終章までを聴きて更かし君への手紙また書き直す

誕生日

戸締まりに出て仰ぎ見る冬空に音叉の響き持てる星々

余震襲ふ夜に仰ぎし星空を思ひ出でて言ふ今日の星空

あ、流れ星見上げてゐたる冬空を過ぎれば一人声あげて立つ

首をためる鴨らゆれつつ眠り居らん寒夜に想ふ山の湖

熊を狩る話を囲炉裏辺に聞きしこと昔話として語らふわれら

雪の夜の静かさに酌む甘酒に思ひ出す人はみなすでに亡し

吹雪いては晴れを繰り返す日の暮れて夜は静かに雪降り積もる

冬の夜は星が数多くなる様に見えると言ひき若き日の夫

雪山に入りて帰らぬ人ありとならひのごとく聞きて冬越す

一人だけの思ひ出ありて誕生日の机に一本水仙かざる

移る季節

立春のあとの寒さが本物と母の言ひしこと今われが言ふ

宗教を知らぬ私がおそれもせず平穏ですと言ひ切つてゐる

武家町の緑陰に客を待つらしき人力車夫が文庫本読む

青春に逢ひたしと添へ書きの年賀状くれたる友の訃報が届く

生き残りとなりたるわれか亡き友はどの写真にも優しく笑ふ

白鳥の去りて鎮まる川淀の岸辺の草生に羽毛を拾ふ

木天蓼《またたび》

新緑の風が匂ふと夫に言ふ帰省してくる子を待つ今朝は

雑木々に這ひ上る木天蓼《またたび》の葉の白さ冴え冴えとして夏に入る山

「老人は水を飲めよ」と言ふ息子に今日は素直に従ふ暑さ

待ちゐたる百日紅どつと咲き出して八月十五日汗ふく暑さ

露草の花も乏しく咲きてをり雨の待たるる日々の続けば

わくら葉をしきりにおとす桜の木声衰へし蟬を宿らす

切り捨て

「省略の多い暮らしをしてゐます」と旧き友への手紙書き出す

切り捨てること多けれどもどかし　髪を切り爪を切るやうにゆかず

道はすべて山へと向かふこの町をわが町として過ぎし年月

口あけし通草《あけび》どさりと届くなどわれを満たしてゆく季節あり

日焼けして来る山男口あけしアケビを今年も苞に携ふ

過去形に語らふことの多きわれが門先に植ゑる桜の若木

戦中と戦後を生きて術もなく老いて戦前にいま在るわれか

過疎地

蕎麦畑花盛りゐて人影の無き村落いくつ通り過ぎ来つ

暗き戸口を開きしままの古き家にも秋日あまねし過疎の村落

寒いから空の青澄むと一人ごち一人聞きつつ開く朝窓

甕に飼ふ鈴虫のか細き声も途切れ時雨ふりつぐ幾夜かを経ぬ

脚を震はせいまは命終を待つあはれ窓の辺にまろぶ一匹の蜂

蟋蟀よ眠れ眠れと歌ふのか眠れずにゐるわが窓の辺に

遠山は雪とふニュースに紅葉を惜しみつつ庭の満天星《どうだん》囲ふ

掃きためし庭の落ち葉を濡らしたる時雨のあとに大き夕虹

芒には風が似合ふと言ふ人と風に吹かれつつかの日歩みき

遠き日の恋の歌などうたふ人と桜紅葉の道を連れだつ

新聞を取りにでて踏む薄氷きつぱりと今年の冬は来てをり

寒夜

萩焼の夫婦茶碗が掌にほのぼの温しと言ひあふ今朝は

屋根を打つ雨音胸を打つ言葉手を打ち膝を打ち舌打ちもする

幾百の試行錯誤に逢ひしものか角のとれたるわれの消しゴム

難民の蹲るテントも照らし来し満月青く雪原渡る

憎み合ふ宗教は理解の他として今日も仏壇に燭を点しつ

紛争もテロもよそ事の如く聞き終活を言ふ寒夜の二人

不自由

軽やかに骨折ですねと若き医師の言へば私は肯くばかり

机に向ふ安静をして骨折を体験せしわれにひと月の過ぐ

「お大事に」などと言はれて術もなし杖傍らにして過ごす日々

杖を使ふことも体験のひとつかと自嘲して過ごす日々のあはれさ

紛争もテロもよそ事と聞きながす脚病みて満足に歩けぬわれは

大寒の夜はしんしんと降る雪と炬燵に相応ふ昔の話

雪深き田舎暮らしにも只管と言う思ひあり大根を煮る

春を待つ雪はあかるき牡丹雪老舗の菓子舗に桜餅買ふ

立春のあと降りかかる牡丹雪ひかりを纏ひ楽しげに降る

省略

大鍋は納戸の棚にしまはれて二人の暮らしに省略多し

厨の隅に一つ残りゐし馬鈴薯が赤き芽を出して三月終る

前山の塒より発つ烏らの声を時鐘とするわが暮らし

雪残る庭に咲き出せる福寿草名残の雪にまた花閉ざす

生き生きと夢を語らふ少年が赤き林檎を丸ごと齧る

日足すこし伸び来しことを今日も言ふ話題乏しくなりたる二人

庭の種々

運動部の少年達が駆けて通る葉桜となりし川沿ひの道

ゆるゆると歩む私に声をかけ汗の臭ひする少年がゆく

サプリメントの話の弾む老人の屯しているバス停留所

庭に生ふる山菜を今年も食べたり姑の好みし五加木《うこぎ》ホロホロ

蟒蛇草《うはばみさう》五加木《うこぎ》に茗荷牛尾菜《しほで》など庭の種々食して日々過ぐ

門先に白木槿盛り咲く季に思ひ出す人はいつも微笑む

古日記

若く逝きし母の形見の一襲ひろげて長き春の日過ごす

亡き母の小簞笥にタブーとふ香水のいとも小さき空き瓶ありき

衣更ゑ・虫干しなどと昔日の母は思ひ出のなかに立ち居す

自ずから老いと病が話題になる傘寿を超えし我らの集ひ

可燃物と記して纏めし古日記箱に収めたり終活一つ

刃なす言葉も書かれある日記読み返せば痛し思ひ出もまた

読み返す日記に涙でることあり処する術知らず過ぎたるわれか

父母

刃こぼれは人を殺めし跡なりと古刀の手入れをする父言ひき

具足を飾り古刀の手入れをする父の顕ちくる端午の風通る部屋

奥座敷に青葉の風を入るるとき姉も我もふと父を言ひ出づ

誇るべき家系図などは無きわれが彫り薄れたる墓守りゐる

洗ひ髪乾かすときにまた思ふ母は黒髪のままに逝きしを

父も母もまだ在るやうなふる里を思ひ出させる夕焼けの空

夏帽子

イエスタデイワンスモア友が呟く白き木槿の垣に沿ふ道

角を曲がる君は夏帽子傾けて見送る我を振り返り見き

木槿さく道をゆるゆると歩みゆける君の眩しく白き夏帽子

遠き日の君の夏帽子白かりき「またね」と言ひて別れしものを

琥珀色のジャムを沈めて紅茶飲む夏の日暮れてかすか風立つ

鴉が来て雀が来て猫が来て犬連れて友が来て一日終る

マルメロ

山の香と枯れ葉をつけし舞茸が届きてわれに移ろふ季節

早逝の母を思ひ出すマルメロの香るを一つ棚に載せおく

結婚の祝に貰ひし夫婦茶碗使はぬままにすぎし六十年

われの亡きあとに大木となる筈と枝垂れ桜を門先に植う

「あまだれ」は私の秋の終りの曲人を思ひて夜の更けに聴く

時雨すぎて澄む夕光は山の端に虹を大きくかけて見せたり

深爪を切りし親指嘗めながら無様だねお前はと独り言言ふ

樹の下に遅れ咲きゐる杜鵑草の被く落ち葉を時雨が叩く

時雨の後の光の差して過疎進む山辺の村に大き虹たつ

雪の嵩

お年玉貰つて嬉しい孫たちと与へて嬉しい夫の笑顔

思ひ出のみ語らふふたりとなりゐたり雪の降り積む静かな夜は

雪晴れて藍濃き夜空をわたりゆく月は軒先の氷柱を研げり

八十三年我が上に積みし雪の嵩思ふときあり今日も雪降る

約束を果たせぬことの多きわれの言ひ訳の一つ今日は雪です

朝あさに新聞配達と牛乳配達の靴跡のある門先の雪

夫を送る――二〇一七年二月一七日

生き死にを話題としつつ鳩サブレー二つに割つて今朝は分け合ふ

自死既に美しからぬ老年となりて朝ごとに茶を汲むふたり

「希望の無き明日が来る」呟く夫に気づかぬふりす

ベッドの夫が車椅子へ移動成功それだけで嬉しき時もありしよ

生きるのはむづかしいねと笑ふ夫の入れ歯外せる口のくらがり

幾通の弔電を友に送りしか死に遅れたと呟く夫は

本当のさよならを言ふ時が近い私達だと言へばうなづく

俺よりも先に死ぬなと言ふ夫にハイハイとこたえて過ぎ来しわれは

息を止めて目を瞑りたる夫の顔が目前にあつてそこに死はあり

唇《くち》をあけて義歯を入れてやる私に最早抗はぬ夫となりをり

貴方より早く死なないとふ約束を確かに果たしてはゐるのだけれど

死に顔を整へられて若く見ゆる貴方を見てゐる老いし妻われ

千を越す死を看取り来し夫の死を医業を継ぎし息子が診たり

弔電をおくりやる友ははやなしと言ひゐし夫に弔電が来る

孫達の選びくれたる祭壇の写真の夫はいつも微笑む

仏壇に供ふる朝の一番茶いまは茶柱のたつことのなし

癖のある夫の文字の書き込まれし医学書しんと並ぶ本棚

言へば良かりしこと数多あり眠れない夜は大声で独り言言ふ

「明日と言ふ日がある限り」と少女は歌ひ私も少し明日を夢見る

孫のくれし湯飲みの茶渋洗ひおとし私は今年も生きてゆくらし

大声におはやうと言ふ一人ごと吐く息太しと見て繰り返す

浅春

雪囲ひ外せば拳を開くやうにほぐれてゆけり牡丹の新芽

雪残る庭に福寿草咲き出せば競ふごと咲き出す菊咲き一華

朽ちひらぶ去年の枯葉を持ち上げて大き顔を出す秋田蕗の薹

門を閉めに出て仰ぐ空過ぎり行く白鳥の群れを見送りて立つ

白鳥の北帰を見送る日々過ぎて桜咲く日を待つばかりなり

目白きてミソサザイきて早咲きのわが家の桜は愛されてゐる

あとがき

秋田・久保田藩の分家である北家が置かれてあった町・角館には今も幾つかその北家の家臣の住まいした小さな武家屋敷が残っています。士族という言葉がまだ生きていたようなこの町に嫁いでから、もう六十年余りの歳月がすぎました。

思いかえして見ますと、結婚する前、平仮名がやっと読めるようになった頃から、家族で遊ぶ百人一首の仲間入りをさせて貰って育った私でしたから、五七五七七の韻律との関わりは、もう八十年以上にもなっているのでした。勿論、和歌から近代、そして現代短歌へと変遷がありましたけれども、こうして結婚してからも呟くように詠み続けてこられたのは、この韻律に親しむことをよしとしてくれていた夫のおかげだと思われます。ただの記録のような作品を纏めてこれまで四冊の歌集にして残すことを許してくれました。

五年前、夫が倒れましたとき、二人での海外旅行に関わる短歌だけを急いで『あしあと』と言う一冊に纏め、病床にあった夫に一首ずつ読み聞かせて、そこから広がる健やかだった二人だけの思い出を語り合うよすがにすることができました。

夫が逝って二年。この歌集を夫とのすぎこしの断章として残して置くことに致しました。

最初の歌集は昭和の時代に編み、平成を経てこれが、六冊目の歌集ということになります。五月には新しい元号になりますので、今までの呟きに過ぎない歌を纏めました。お読み頂ければ有り難いと思います。

平成三十一年四月

佐藤ヨリ子

歌集　断　章

二〇一九年五月二四日初版発行

著　者　佐藤ヨリ子
秋田県仙北市角館町田町下丁二五（〒〇一四―〇三一二）

発行者　田村雅之

発行所　砂子屋書房
東京都千代田区内神田三―四―七（〒一〇一―〇〇四七）
電話　〇三―三二五六―四七〇八　振替　〇〇一三〇―二―九七六三一
URL http://www.sunagoya.com

組　版　はあどわあく

印　刷　長野印刷商工株式会社

製　本　渋谷文泉閣